艾米莉娅

　　她今年6岁，是个非常聪明的小女孩。她几乎无所畏惧，只是有一点点恐高。

麦克斯

　　他今年7岁，是个飞毛腿。他敢在晚上跑进地下室。

爷爷

　　他是世界上最棒的发明家。他很少参与猎怪行动，因为他在工坊里有许多工作要处理。

猎怪吹风机

　　它不仅可以吹走路上的所有怪物，还可以驱逐幽灵。

嗅嗅猪

任何怪物都逃不过它灵敏的大鼻子，美味的蛋糕也不例外。

怪物手机

它可以拍下肉眼看不见的怪物和幽灵。

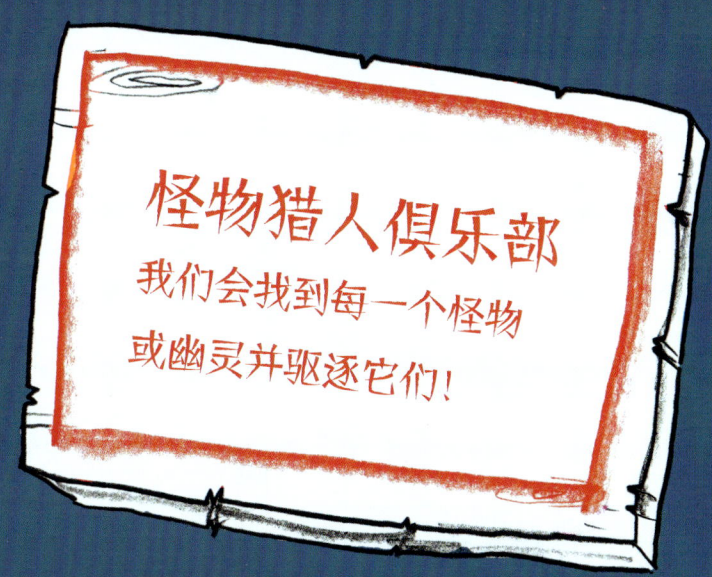

怪物猎人俱乐部
我们会找到每一个怪物
或幽灵并驱逐它们！

格里塞尔达·格劳斯

  她继承了一个名为幽灵列车的游乐设施，但是有一个很大的问题，那里有真的怪物！

古斯塔夫伯爵

  他是高山古堡的主人，自从搬入古堡，他就几乎没合过眼。

管理员克劳斯

  他盼望参加学校的扮装派对，但装扮成怪物的客人中隐藏着真正的怪物，他非常害怕遇到它们。

怪物猎人
俱乐部

[德] 西洛 著
[德] 亚历山大·冯·克诺尔 绘
胡博 译

GUANGXI NORMAL UNIVERSITY PRESS
广西师范大学出版社
·桂林·

GUAIWU LIEREN JULEBU
怪物猎人俱乐部

出版统筹：汤文辉　　责任编辑：戚　浩　　美术编辑：刘淑媛
品牌总监：张少敏　　助理编辑：屈荔婷　　版权联络：郭晓晨　张立飞
质量总监：李茂军　　选题策划：李茂军　　营销编辑：张　建　赵　迪
责任技编：郭　鹏　　　　　　戚　浩　　　　　　　　欧阳蔚文

Originally published as " Monsterjäger-Club – Die Geisterbahn von Bad Murks"
" Monsterjäger-Club – Spuk auf Burg Alb" " Monsterjäger-Club – Gruselparty
in der Monsterschule"
© 2022 Fischer Kinder- und Jugendbuchverlag GmbH, Frankfurt am Main
Current Chinese translation rights arranged through Agency Beijing Star
Media Co. Ltd.

著作权合同登记号桂图登字：20-2023-221 号

图书在版编目（CIP）数据

怪物猎人俱乐部 / （德）西洛著；（德）亚历山大·冯·克诺尔绘；
胡博译. --桂林：广西师范大学出版社，2024.3
　　（神秘岛. 文学海岸线）
　　ISBN 978-7-5598-6686-8

　　Ⅰ．①怪… Ⅱ．①西… ②亚… ③胡… Ⅲ．①儿童小说－中篇
小说－德国－现代 Ⅳ．①I516.84

　　中国国家版本馆 CIP 数据核字（2024）第 015122 号

广西师范大学出版社出版发行

（ 广西桂林市五里店路 9 号　邮政编码：541004 ）
　网址：http://www.bbtpress.com
出版人：黄轩庄
全国新华书店经销
北京博海升彩色印刷有限公司印刷
（北京市通州区中关村科技园通州园金桥科技产业基地环宇路 6 号
　邮政编码：100076）
开本：889 mm×1 240 mm　1/32
印张：4.25　　　字数：50 千
2024 年 3 月第 1 版　　2024 年 3 月第 1 次印刷
定价：48.00 元

如发现印装质量问题，影响阅读，请与出版社发行部门联系调换。

目录

不受控的列车

怪物猎人接到
新委托

虽然艾米莉娅和麦克斯看起来就和普通的孩子一样，但其实他们是深藏不露的怪物猎人。他们的爷爷发明了怪物手机，他们可以用它拍摄到肉眼看不到的怪物和幽灵。麦克斯用怪物手机对着街道拍了一张照片。

街道上一共有几个怪物？

"我们的街道上竟然有七个怪物！"艾米莉娅激动地说道，"我们得快点去告诉爷爷！"

麦克斯和艾米莉娅回到了他们的总部，那里还有两位怪物猎人：他们的爷爷和嗅嗅猪。

总部的门被锁上了，爷爷正在里面敲敲打打地进行他的发明，听不到他们的敲门声。备用钥匙究竟在哪里呢？

麦克斯在花园地精的手里找到了备用钥匙。
他们进门后看到爷爷手里正在摆弄着一个机器。

　　"来看看我的最新发明——猎怪吹风机！"
他兴奋地喊道。

　　猎怪吹风机看起来就是一台普通的吹风机，
但是爷爷信誓旦旦地保证它可以吹走所有的怪物
和幽灵。

艾米莉娅和麦克斯的屁股刚刚沾到沙发，门就被敲响了。

"请确保在没有怪物时进入。"爷爷对着门口说道。

随后一位老妇人走了进来。"请问你们是怪物猎人吗？"她小心翼翼地问。

麦克斯点了点头，回答道："爷爷是我们的头儿。嗅嗅猪负责找到怪物，艾米莉娅和我负责驱逐它们。"麦克斯环顾房间，嗅嗅猪去哪里了？

艾米莉娅用双臂抱起了嗅嗅猪——她早就看见了嗅嗅猪从门后露出的卷卷的小尾巴。

"我叫格里塞尔达·格劳斯。我继承了一个叫幽灵列车的游乐设施。"老妇人继续说道。

艾米莉娅和麦克斯都觉得这个列车听起来棒极了，但是格里塞尔达看起来被这个列车搞得彻底晕头转向了。

她把花盆当成了帽子，把滑雪杖当成了雨伞，把闹钟当成了宠物狗。除此之外，她一脚穿着靴子，一脚穿着凉鞋。更糟糕的是，她还把外套穿反了！

　　"幽灵列车出了什么问题？"爷爷问道。

　　"那里的怪物不全是玩偶，有些是真的怪物！"格里塞尔达小声地说。

　　爷爷向她保证："艾米莉娅、麦克斯和嗅嗅猪会把它们赶走的。"

　　艾米莉娅带上怪物手机，麦克斯带上猎怪吹风机，而嗅嗅猪带上了一根胡萝卜，然后他们就踏上了猎怪之路。爷爷则留在总部小屋里继续鼓捣他的发明。

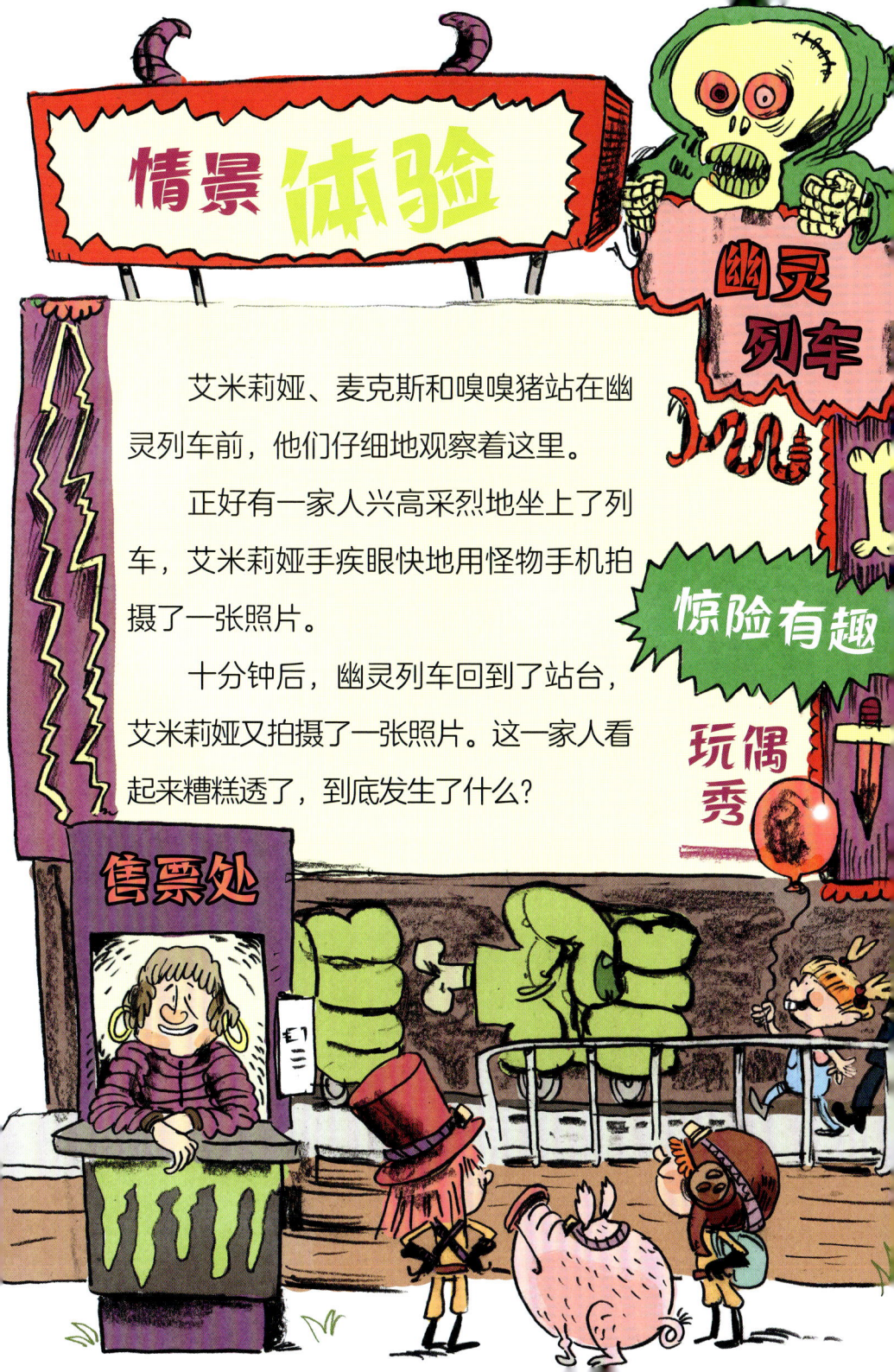

情景体验

幽灵列车

惊险有趣

玩偶秀

艾米莉娅、麦克斯和嗅嗅猪站在幽灵列车前,他们仔细地观察着这里。

正好有一家人兴高采烈地坐上了列车,艾米莉娅手疾眼快地用怪物手机拍摄了一张照片。

十分钟后,幽灵列车回到了站台,艾米莉娅又拍摄了一张照片。这一家人看起来糟糕透了,到底发生了什么?

售票处

"爸爸的帽子、男孩的棉花糖和妈妈的围巾都不见了，女孩的气球被画上了鬼脸。"艾米莉娅指出了两张照片里的不同。麦克斯点头表示同意："肯定是那些怪物搞的鬼。现在我们去坐一圈看看。"嗅嗅猪咕噜咕噜地叫着。

　　格里塞尔达把密室的钥匙串交给了怪物猎人们。

　　麦克斯刚要上车的时候，不小心把猎怪吹风机掉到了轨道下面。

　　哎呀，掉到哪里去了？

猎怪吹风机掉到了独角兽气球
的后面。艾米莉娅赶快把它拾起来并紧紧地抓在
手里。

怪物猎人们坐上幽灵列车后便出发了。轨道
两侧到处是逼真的玩偶。

"抓紧！"艾米莉娅突然喊道。

幽灵列车猛地停了下来。因为一个怪物按下了紧急刹车的按钮。

"别以为用这种简单的花招就能阻止怪物猎人们！"麦克斯喊道。他们下车走到供电箱前。麦克斯打开供电箱的门，发现里面有很多按钮。

麦克斯按下了红色的按钮。

这里并没有雾气影响视线，照明设施也在正常运作——没错，他需要按下启动按钮。

幽灵列车又动了起来，可是怪物猎人们没有上车。他们注意到旁边有一扇奇怪的门，嗅嗅猪正蹲在门前呼噜呼噜地喘着粗气。

"嗅嗅猪，你觉得怪物们藏在门后吗？"艾米莉娅问道。幸好她还拿着格里塞尔达的钥匙串。

用带有骷髅头的钥匙可以打开这扇门。但是，怪物猎人们还没来得及用钥匙打开门，门就咯吱咯吱地自己打开了……

他们走进房间，房间里冷得刺骨，还有一股发霉的味道，原来这是一间仓库。

嗅嗅猪不安地叫着，这说明怪物们就在附近了。

突然，他们身后的门被重重地关上了。

哈哈哈哈

怪物猎人

无所畏惧!

麦克斯、艾米莉娅和嗅嗅猪被关在了仓库里。

黑暗中几双眼睛闪着光。

"别费劲了!怪物猎人无所畏惧!"艾米莉娅喊道。接着她打开了仓库的灯,只见仓库里堆满了怪物玩偶。

哼哼

哈!

27

怪物们都太紧张了，这导致它们暴露了自己！一个在哀嚎，一个在冒冷汗，一个在吹口哨，一个在发抖，还有一个把自己的眼睛捂了起来。

麦克斯从容不迫地举起了他的猎怪吹风机，但一个怪物朝他扔了一个装满橡胶蜘蛛的纸箱。一大堆橡胶蜘蛛撒了出来，它们的脚都有黏性。等怪物猎人们终于摆脱黏黏的橡胶蜘蛛以后，怪物们早已逃之夭夭。

"在后面！"艾米莉娅喊道。

要选择哪条轨道
才能追上怪物们呢？

怪物猎人们选择最下方的轨道并一路追赶过去。可他们赶到轨道尽头以后，发现怪物们再次消失得无影无踪了。

"太气人了！"麦克斯喊道。

嗅嗅猪也没有办法闻到它们的气息。

仔细观察了一圈屋子里的机器后，麦克斯突然笑了起来。

"我知道怎么把它们引出来了！"他信心满满地说，"我们需要一枚50欧分的硬币，而我正好有。"

50欧分硬币应该投在哪里呢？

31

麦克斯刚刚投币让机器做了一团棉花糖，五个怪物就出来了。

"如果你们能在扔色子的游戏里赢过我们，我们就从这里消失。"最胖的怪物说道。

于是他们一起走到一张大桌子旁，每个玩家分到三枚色子。接下来游戏开始了。

"十四点！"艾米莉娅数道。

怪物笑了："我们赢了！我有二十点！"

"这把作废！"艾米莉娅生气地说。

怪物们作弊了！三枚正常的色
子可扔不出来二十点！最高的点数
是，三乘以六等于十八点。

麦克斯觉得怪物们太过分了。
他举起猎怪吹风机像吹树叶一样把
怪物们吹进了储藏室。

储藏室里堆满了箱子。

"它们又跑到哪里
去了？"艾米莉娅问道。

他们现在要怎么找
到怪物们呢？

35

一路顺风

　　放在最左侧上方的箱子是唯一一个被打开了的。艾米莉娅手疾眼快地用锤子和钉子把箱子钉了起来。格里塞尔达听到了锤子敲打的声音，也匆匆赶来帮忙。

　　怪物们被打败了。

　　怪物猎人们高兴之余，没有忘记在箱子上写了代表怪物的字母"M"。

　　两天后，格里塞尔达又来到了怪物猎人总部。

　　"我已经把箱子寄到美洲了，准确地说，是寄到美国了。"格里塞尔达与大家分享这个消息，"我的妹妹格乎妮拉非常需要它们。"

　　她带来一个非常大的蛋糕。蛋糕上面还放着三个用杏仁糖做的人偶：艾米莉娅、麦克斯和嗅嗅猪。

　　"格里塞尔达，你忘记爷爷的人偶了！"艾米莉娅提醒道，"爷爷也是一位真正的怪物猎人。"

　　爷爷笑了笑，说道："没有，格里塞尔达没有忘记。"

　　"嗅嗅猪正开心地吃着我的人偶！"爷爷微
笑着说。他的话把大家都逗笑了。

　　此刻，怪物们又在做什么呢？

图中文字：怪物1号

它们在新的地方生活得很开心，并且很快就声名大噪。

古堡的
不眠之夜

失眠的
伯爵

　　艾米莉娅、麦克斯和嗅嗅猪是优秀的怪物猎人。他们的爷爷是怪物猎人俱乐部的头儿，他的工坊就是怪物猎人的总部。

　　怪物猎人们刚到达总部的门口，就有一个罐子滚向了他们。是意外吗？还是谁故意朝他们扔的？

　　为了一探究竟，艾米莉娅用怪物手机拍了一张照片。

怪物猎人

我们解决每一份委托！

请确保在没有
怪物时进入

"真是放肆！"麦克斯非常小声地抱怨道，"竟然有怪物在我们总部门口扔罐子玩！"

嗅嗅猪也闻到了怪物的味道。麦克斯举起了猎怪吹风机，它的外形和普通的吹风机一样。一眨眼的工夫，怪物就被猎怪吹风机吹进了一个空瓶子里。

麦克斯非常高兴，想立刻向爷爷邀功。

"等一下！"艾米莉娅告诫道，"爷爷现在不是一个人！"

艾米莉娅怎么知道
爷爷不是一个人在屋里 **?**

麦克斯夸赞道："艾米莉娅你真聪明！我都没注意到有两个咖啡杯！"

嗅嗅猪推开房门，他们可以听到屋里的声音、看到屋里的情况了。爷爷正在向一个男人展示他的最新发明。男人举止非常有涵养，但神色非常疲惫。

"你们回来了！这位是……"爷爷高兴地介绍道。

麦克斯却打断了他："爷爷，我们知道这位是谁！"

49

"您好，古斯塔夫伯爵。"艾米莉娅和麦克斯说。他们根据男人外套里报纸上的新闻确定了他的身份。

"高山古堡有幽灵！搬进去以后我没睡过一天好觉！"古斯塔夫伯爵抱怨道。

艾米莉娅把关着怪物的瓶子放到架子上，他们可以稍后再处理它。

"我们会帮您驱赶它们！"怪物猎人们齐声说。

做好准备后，所有人踏上了去往高山古堡的旅程。爷爷也参与了这次猎怪行动，因为他们需要在古堡过夜。看得出来他很高兴，这次小小的旅行，对于常年泡在工坊里的他来说就是一次小小的假期。

"糟糕，我好像忘记带猎怪吹风机了。"艾米莉娅突然说道。麦克斯却摇摇头。

麦克斯在哪里看到了猎怪吹风机？

猎怪吹风机就躺在车斗的一堆工具中。车子才开了十五分钟，他们就到达了目的地。

　　爷爷看着手中的平面图说道："这座城堡已经荒废很多年了，现在只剩下一个入口。"他还想再说些什么，却被古堡里传来的一声巨响打断了。"希望不是古斯塔夫伯爵出事了。"爷爷担忧地说道。

　　"别担心，古斯塔夫伯爵还没有进去呢。"麦克斯答道。

53

突然，古斯塔夫伯爵从角落里冒了出来，问道："你们从来都不敲门吗？"

艾米莉娅和麦克斯摇了摇头，说道："我们只是不想吓到门把手上的小鸟。"

等艾米莉娅小心翼翼地把鸟巢挪到树上以后，古斯塔夫伯爵从口袋里掏出了一串钥匙。

"现在请进吧，"他说道，"希望幽灵还都在地窖里。"

午夜
闹剧

四位怪物猎人跟在古斯塔夫伯爵身后走进了古堡。

古堡的前厅装修得非常华丽，接着他们来到古堡的大厅，然而这里一片狼藉。

"至少我们现在知道刚刚的巨响是怎么回事了。"麦克斯说道。

这里究竟发生了什么事？

原来是挂在墙上的流星锤砸到了鼓面上。

"到了午夜情况还会更糟糕，但那时就可以看见幽灵了。"古斯塔夫伯爵一边抱怨着，一边忧心忡忡地把怪物猎人们带到了准备好的客房。"你们先休息一下吧！"他疲惫不堪地说道。

"待会儿见。"爷爷和两个孩子打过招呼后就走进了自己的房间。

孩子们也参观起了他们的房间，这里空间很大，甚至嗅嗅猪都有一张自己的床。

"真漂亮。"麦克斯说，"只是看起来我们并不受欢迎。"

59

　　"不！我们才不滚呢！"艾米莉娅对着走廊大
喊。刚才她画掉纸条上的字母，再把那些被拆开的
文字拼到一起，就破解出了幽灵留下的信息："滚
出去！这里是我们的城堡！——捣蛋鬼们"。

　　嗅嗅猪一头扎进自己的小床里咕噜咕噜地
叫着。麦克斯则躺倒在床上。"你其实不用大喊
大叫，"麦克斯冷静地说道，"毕竟现在就有个
幽灵在我们身边呢。"

一个幽灵正藏在墙上的鹿头标本里观察怪物猎人们。

艾米莉娅和麦克斯把桌布扔到了鹿头标本上，幽灵立刻就飘走了。

"你们等着吧！我们会把你们都揪出来赶走的！"麦克斯大声说道。

艾米莉娅、麦克斯和嗅嗅猪觉得他们不能这样坐以待毙地等到午夜才开始行动。他们走出房间，悄悄向古堡地窖走去。

怪物猎人们顺着左数第二段台阶安静且快速地往下走，但他们没能走进地窖，因为地窖的门被封上了。

　　"哎呀，我们根本进不去。"麦克斯沮丧地说道。

　　艾米莉娅则在角落里发现了一本非常古老的书。书里记载着古堡的历史。"嘿！或许我们能进去！"她轻声说。

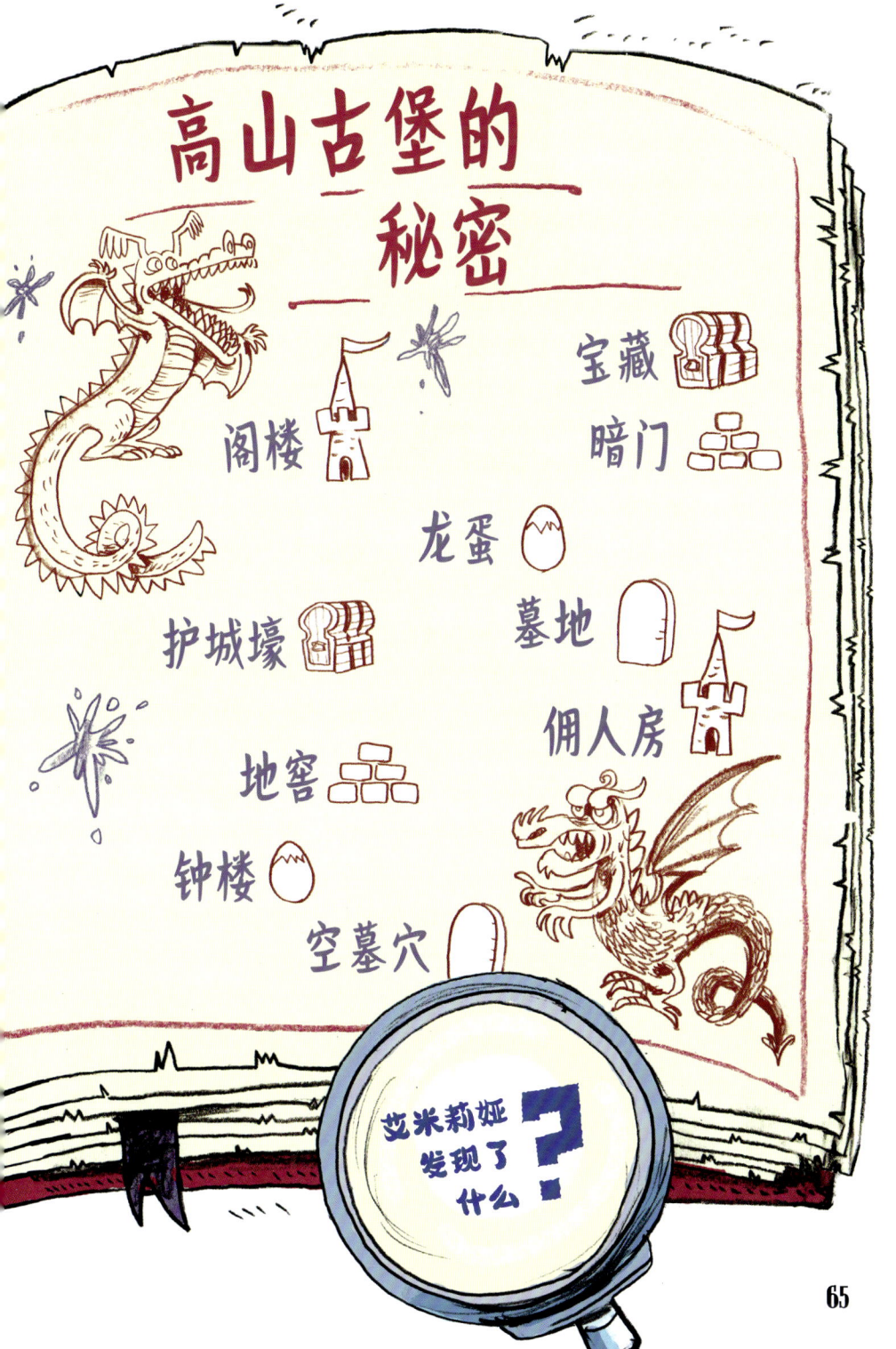

"附近有一处暗门通往地窖！"艾米莉娅读出了其中的信息。

　　就在这时，一个幽灵威胁性地甩着锁链，与他们擦肩而过。"走开！"它喊道。

　　可惜怪物猎人们是不会被轻易吓倒的！

地窖 暗门

麦克斯连忙掏出他的猎怪吹风机，但是那个幽灵很快就飘过墙的拐角消失了。

"它一定是往暗门的方向去了。"艾米莉娅笃定地说道。说完，她快步跟在幽灵身后转过墙角，然后一眼认出了开启暗门的石墙图案。

嗅嗅猪用鼻子顶了顶右下角的石墙图案，它和艾米莉娅找到的书里画的"暗门"图案一模一样。

书里写的是真的！

一扇隐蔽的门缓缓打开了！

这是一个老旧的衣帽间。

就在这时，钟楼敲响了午夜十二点的钟声，现在可以用肉眼看到幽灵了。

嗅嗅猪很快就找到了它们。

衣帽间里一共藏着四个幽灵：一个在箱子里，一个在骑士头盔里，一个在骑士盔甲后面，还有一个在最左边的衣甲后面。

"找到你们了！"麦克斯一边说一边准备启动猎怪吹风机。

但是幽灵们依然潇洒地在他们身边飘荡，并迅速逃走了。

"难道爷爷的发明在地窖里会失灵？"艾米莉娅猜测道。

"不，是电池没电了！我怎么会犯这种低级错误！"麦克斯气恼地说道。

麦克斯、艾米莉娅和嗅嗅猪沿着台阶走出去。接着，三位怪物猎人搜遍了整座古堡。艾米莉娅到处拍照，厨房、大厅、每个房间都没有放过。

　　在这期间爷爷和古斯塔夫伯爵也醒了，他们加入了搜寻的队伍。

　　就在艾米莉娅第二次给厨房拍照后，她马上注意到这里有些不同寻常。

　　"幽灵们肯定来过这里！"艾米莉娅小声说道。

74

艾米莉娅对自己的
雅论很有信心，
但她是怎么知道
幽灵们曾经来过厨房的？

艾米莉娅找到了前后两张照片中十处不同的地方。

嗅嗅猪突然咕噜咕噜地叫了起来，它闻到了幽灵的气息。艾米莉娅和麦克斯也听到了，好像有谁正在餐厅里吧唧着嘴吃饭。

大家一窝蜂地冲进了餐厅。

餐厅中那个正在吃饭的幽灵冲大家笑着说道："我们可以离开古堡，条件是你们需要猜中我的名字！只有一次机会喔！"其他幽灵也咯咯地笑了起来："还没有人成功过呢！"

搞笑王子

札·舒条

口渴伯爵

真心伯爵

海因里希·光透

赛马查尔斯

阿达尔贝特骑士

他们要怎样做才能猜中那个幽灵的名字呢？

"你的名字是阿达尔贝特骑士！"艾米莉娅和麦克斯异口同声道。他们通过画像和上面的名字认出了它。

捣蛋鬼们开始不满地抱怨，生气地跺脚，难过地哀嚎，不过它们依旧信守承诺，骂骂咧咧地离开了城堡。

"它们不会再回来了吧？"古斯塔夫伯爵问道。

艾米莉娅点点头答道："不会再回来了！"

搞笑王子

札·舒条

口渴伯爵

幽灵们把一件
对于它们来说
非常宝贵的
物品拿走了，
是什么呢 ？

真心伯爵

海因里
希·光透

赛马查尔斯

"幽灵阿达尔贝特骑士把它的画像一起带走了，幽灵们只有在找新家的时候才会这么做。"艾米莉娅作出了解释。

　　现在大家终于可以安心上床休息了，嗅嗅猪还在梦中发出了哼唧哼唧的声音。

为了表示感谢，第二天早上古斯塔夫伯爵准备了丰盛的早餐。

他有准备酸酸甜甜的梨子酱吗？

你能找到梨子酱在哪里吗？

瓶身上画有一只梨子的
梨子酱就在奶酪的旁边。

爷爷为麦克斯、艾米莉娅
和嗅嗅猪的表现感到非常骄傲。

但是早餐过后，古斯塔夫伯爵
并没有出现为他们送行。这是为什么？他
生气了吗？

不是。他只是太需要补觉了。

派对上的
不速之客

怪物
来访

　　艾米莉娅、麦克斯、爷爷和嗅嗅猪都是怪物猎人，没有哪个怪物或幽灵在他们面前是安全的。但今天，艾米莉娅和麦克斯不想狩猎任何怪物，因为他们学校正在举办一个盛大的扮装派对。

　　艾米莉娅已经换好衣服了，但是麦克斯去哪儿了？

你知道麦克斯装扮成了什么吗？

艾米莉娅通过手指认出了麦克斯装扮的木乃伊。

　　"来吧，嗅嗅猪，我们出发吧！"艾米莉娅说，"麦克斯也准备好了。"

　　其实学校是不允许动物进入的。但在扮装派对上，一只小猪并不会非常惹眼。而爷爷还在潜心研究他的最新发明，并不打算参加这个派对。

　　工坊的门口响起了咚咚咚的敲门声。

　　"唉！"艾米莉娅叹了口气，"爷爷又忘记带钥匙了。"

　　但麦克斯摇了摇头。

麦克斯
怎么知道
敲门的人不是爷爷？

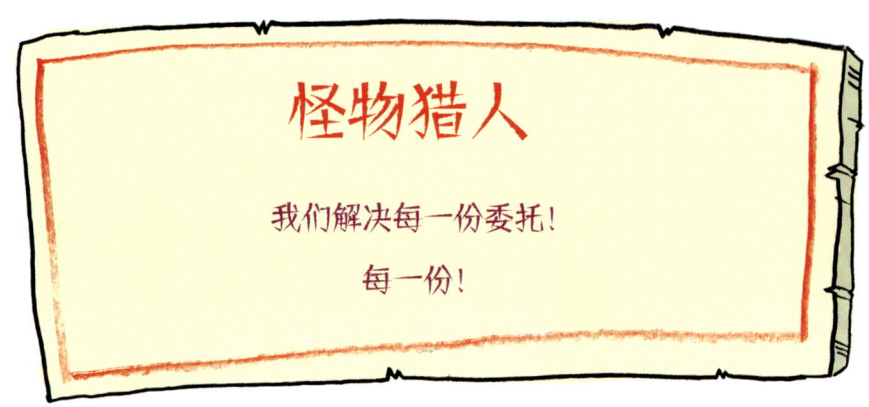

怪物猎人

我们解决每一份委托！

每一份！

麦克斯透过窗户看到了在花园里的爷爷，他正在追逐失控的肥皂盒跑车。

那么敲门的人到底是谁呢？

"肯定是来寻求怪物猎人帮助的人。"麦克斯肯定地说。

艾米莉娅打开门。两人大吃一惊，《科学怪人》里的怪物就在眼前！

"您好。"艾米莉娅向他打招呼，"您来这里做什么？"

她已经发现了这是个穿着道具服的人。

麦克斯很惊讶。

艾米莉娅的眼睛真的像鹰眼一样锐利。她通过"怪物"手中的钥匙串认出了管理员克劳斯先生。

克劳斯先生浑身都在颤抖。麦克斯给他端来一杯水。

"扮装派对里混入了真正的怪物！"他一边擦汗一边脱口而出，"它们把所有的书都吃光了！"

克劳斯先生不敢回学校，选择和爷爷待在工坊里。

　　"你们的数学老师奎斯特女士可以告诉你们更多关于怪物的信息，"他向怪物猎人们透露，"她打扮成了忍者的样子。"

　　怪物猎人们立刻开始收拾工具。将猎怪吹风机和怪物手机放进嗅嗅猪的背包后，他们立刻跑向学校。

麦克斯发现了半空中拽着绳子的奎斯特女士。

"您能给我们讲讲更多关于怪物的事情吗？"艾米莉娅问。

忍者点点头。

"至少有三个怪物。"奎斯特女士推测道，"光是在图书馆，它们就已经吃了一百多本书了。"接着她向大家报告了一个更可怕的消息："我们得终止扮装派对！因为校长就装扮成了一本书！"

怪物
在哪里？

这个扮装派对可是所有学生期待了好几个星期的，怎么能现在就轻易结束呢！

"我们会找到怪物的。"麦克斯郑重承诺。他看了一眼学校操场，那里没有人。

突然，外面传来一阵响声。

"怪物来了！"奎斯特女士吓坏了。

麦克斯又看了一眼窗外，然后放下了戒备。"外面没有怪物。"他安慰道。

"还真是！"奎斯特女士也向窗外看了看，然后松了一口气，"原来是树上的苹果掉下来砸在了锡盆底上。我还以为是怪物在搞事呢！"

"现在我们得去图书馆了。"艾米莉娅催促道，"再见，奎斯特女士！"

路上他们遇到了很多装扮成怪物的同学。也许其中一些是真的怪物，但嗅嗅猪根本没有叫……怪物们到底藏在哪里呢？

"小猪！"麦克斯喊道。

嗅嗅猪来到他们身边，但是它的背包不见了。

还好，他们现在正在失物招领处。

"小肥猪呀小肥猪，你吃蛋糕的时候至少看着点我们的工具啊！"艾米莉娅责备道。

　　从绿色的桶里拿回背包后，怪物猎人们继续前进。

　　他们终于抵达学校图书馆。图书馆的门显然是被强行打开的，房间里非常杂乱，但是怪物们已经不在了。它们给怪物猎人们留下了一条信息。

　　"那是怪物的语言吗？"艾米莉娅叹息道。

　　但麦克斯摇摇头。

101

"你们一点儿都不害怕，是吗？"艾米莉娅通过镜子也读懂了这条信息，她大声喊道，"你们应该害怕！"但她没有得到回应。

怪物们到底跑到哪儿去了呢？

"怪物们把粉笔踩碎了。"麦克斯说道。

嗅嗅猪闻了闻，发出咕噜咕噜声。

"我们会找到它们的。"艾米莉娅确信。

说完，他们一起顺着地上的粉笔痕迹追去。

怪物们的脚印指向了学校地下室。

嗅嗅猪也闻到了它们的气息。

"快一点，这边！"艾米莉娅喊道，想要马上追过去。

但麦克斯阻止了她："等一下。"

　　"哦，多亏了你，我的骨头才能完好无损！"艾米莉娅说道，"进地下室之前确实应该先把灯打开。"

　　艾米莉娅从背包里拿出猎怪吹风机，然后他们慢慢顺着陡峭的楼梯走下去。当他们来到楼下时，灯突然又熄灭了。

开关

　　嗅嗅猪发出了咕噜咕噜的声音。

　　他们听到了咯咯咯的笑声。

　　如果不出意外的话……

饥饿的 小怪物们

地下室里一片漆黑。

"滚出我们学校！"麦克斯勇敢地喊道。

怪物们再次咯咯咯地笑起来。

突然，麦克斯感到有两只爪子抓住了他的双肩。它们拉动绕在他身上的布条，把他像旋风一样旋转起来。当它们终于停下来时，麦克斯失去平衡重重地跌倒在地板上。

艾米莉娅终于找到了电灯开关。

怪物们又消失了，但还是留下了踪迹。

　　艾米莉娅发现了线索，说道："怪物们坐电梯逃跑了！"

　　怪物猎人们并没有被错误的踪迹所迷惑。他们以最快的速度跑向电梯。麦克斯按下了按钮。

　　电梯门终于打开了，但他们要去哪一层呢？

麦克斯非常确信，怪物们就在堆放旧课本的
储藏室里。他按下了数字4。

电梯一到四层，怪物猎人们就跑了出来。他
们立刻听到了从屋里传出的拍打声。

艾米莉娅举起了猎怪吹风机，麦克斯打
开了门。

但怪物们在哪里呢？

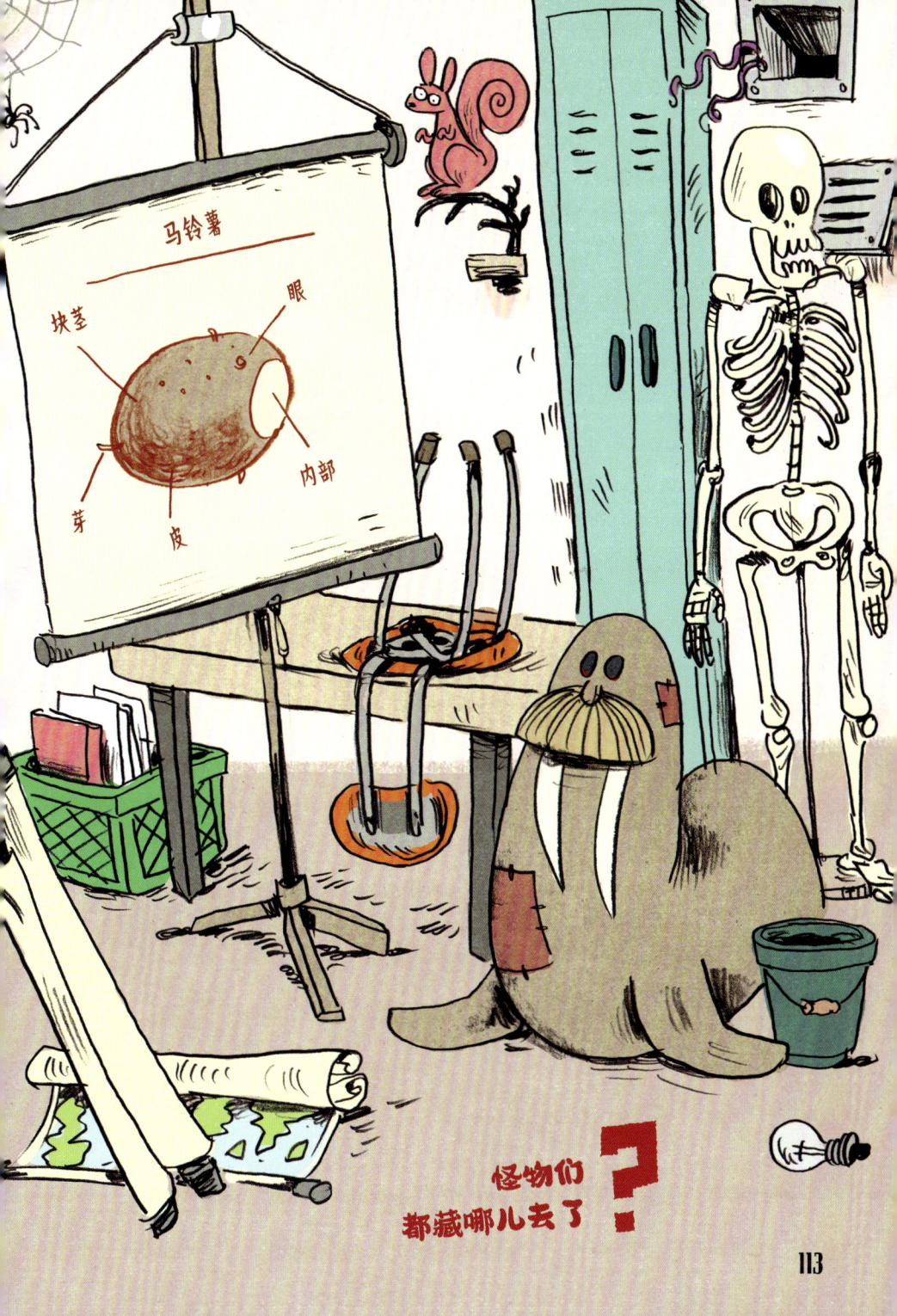

艾米莉娅立刻注意到了右上角通风口露出的紫色的、类似毛发的东西，这些讨人厌的怪物已经从通风井逃脱了。

"通风井通向休息大厅。"艾米莉亚说道。

他们立刻冲下楼梯来到大厅。

大厅里十分喧嚣，人们正翩翩起舞，但麦克斯和艾米莉娅还是发现了隐藏在人群中的怪物们。

　　艾米莉娅和麦克斯发现了六个真正的怪物。

　　当音响师播放起震耳欲聋的歌曲时，艾米莉娅打开了猎怪吹风机。她尽量不引起其他人的注意，把六个怪物全部吹进了教职员室。

　　幸运的是，其他人都在欢快地跳舞，没有注意到这里发生的事情。

教职员室

　　屋子里，三个怪物瘫软在地上，另外三个则无力地趴在椅子背上。

　　"我知道应该把它们关在哪里了，这里只有一个东西合适。"麦克斯说。

艾米莉娅将六个怪物吹进了空荡荡的水族箱里，麦克斯立即合上盖子。这样怪物们仍然有空气呼吸，但又没办法跑出来。

突然，麦克斯笑了。"虽然我的木乃伊装扮毁了，但我现在也算是在装扮了，"他高兴地说，"我现在是装扮成怪物猎人。"

他们一起把水族箱抬上小推车。麦克斯用小推车把水族箱拉到人头攒动的休息大厅。

"小插曲结束了！"艾米莉娅自豪地喊道，"不光管理员克劳斯先生会高兴，我相信另一个人也会高兴。"

谁会是
另一个开心的人？
为什么？

怪物猎人

巴斯克维尔的猎犬

119

有一个怪物咬了校长的屁股，但受损的只是她的道具服。她很高兴现在危机彻底解除了。

　　麦克斯咯咯地笑着，用猎怪手机给爷爷打电话。是的，猎怪手机是可以用来打电话的。爷爷是个天才！

　　"爷爷，请你通知管理员克劳斯先生，他可以回学校了。"麦克斯说，"我们抓住怪物了！"

　　爷爷想和克劳斯先生一起来学校，但是新修好的肥皂盒跑车又没办法启动了。他把一张照片发给他的孙子和孙女。

　　"你们知道原因是什么吗？"爷爷问道。

为什么
肥皂盒跑车
没办法启动 **?**

原来是克劳斯先生的围巾卡在了肥皂盒跑车的轮子里。

不久之后，爷爷和克劳斯先生就到了。他们愉快地参与到这次扮装派对中，爷爷甚至赢得了当晚最佳服装奖。

艾米莉娅、麦克斯和嗅嗅猪都认为，爷爷实至名归。

他们抓到的那些怪物呢？

怪物们会被送到一个废弃旧书仓库里。在那里，它们每天都可以吃没人看的旧书，而它们对此非常满意。